여름 나기를 이야기하는 동안

김영희 시집

여름 나기를 이야기하는 동안

달아실 시선
35

달아실

일러두기

1. 본문에서 하단의 〉는 '단락 공백 기호'로 다음 쪽에서 한 연이 새로 시작한다는 표시이다.
2. 보조 용언과 합성 명사의 띄어쓰기 등 본문의 맞춤법은 시인의 의도에 따른 것임.

시인의 말

아무튼 쓰는 것이다.
은유를 쓰다보면 사유가 달라지고
은유는 곧 치유였다.
이전과 다른 연결을 이루려고
쓸 수밖에 없었는지도 모르겠다.
건너온 여름날의 뜨거웠던 기억이나
현재의 마음을 재료로 사용하면서
미완의 내가 서성이는 모습과
마주하게 된다.
존재에 가까워지고 싶은 마음이
자꾸 무언가를 쓰게 만든다.
소용의 가치는 맨 나중 이야기다.

2020년 12월

김영희

차례

여름 나기를 이야기하는 동안

2부

3부

4부

1부

여름

화분에 심어놓은 아보카도 씨앗이
싹 틔울 시기를 놓쳤다고 생각했던 아보카도가
불끈 솟는 속심으로 쑤욱
아침나절에 20cm쯤 올라왔다
햇살 뭉치를 받아든 사람들과
슬기로운 여름 나기를 이야기하는 동안,
견고하게 잠긴 껍데기를 열고
여름 속으로 한 번에 뛰어든 아보카도
창틀 아래에선 이름 모를 풀벌레가 간혹
끊긴 음으로 가늘게 울기도 했고
아보카도 잎사귀가 귀를 쫑긋거리기도 했다
울음 한 줄기 우는데 철이 따로 있겠냐마는
틈새에 넣어두고 싶은 계절은
풀벌레에게도 아보카도에게도 있었을 것이다
형상 외엔 가진 게 없는 나는
오전에는 동쪽 창에 블라인드를 쳐놓았고
오후엔 서쪽 창가로는 들어가지 않았다
부피가 없는 햇살은 구석구석 들어오기 좋았고
내 몸은 개펄처럼

눅진눅진 포개지며 때론 허물어지며
그저 시 한 줄기 바람처럼 일기만을 기다렸다

졸혼

속쯤이야 꺼내버린들,
내 속에 당신을 품는다면
푸른 바다가 출렁대겠지
당신 속을 내가 채울 수 있다면
서로의 가슴만으로도 하나가 되겠지

생각이 포개지는 그런 순간이 있었다

하나로 이름 맺기 위해
몸을 포갠 고등어 두 마리
소금이 훅훅 뿌려져도
함께라면 견디지 못하랴

생각에 속는 그런 날들이 있었다

서로를 품은 짓무른 가슴
성글게 엮인 상자 안에서 지쳐가고

눈물마저 마르면

등짝이 누렇게 된다는 것을
서로를 바라보며 깨달아가고

몇 번의 칼질로 토막토막 나눠져도
함께 새긴 무늬는 지워지지 않아
그저 지져지고 구워지는 여러 과정을
멀리서 바라보는,

한때는 하나를 이루었던 고등어 한 손

말의 흔적

돌발성 난청이라는 진료 확인서를
상처 난 발바닥처럼 들여다본다

우리는 소리와 소리로 서로를 만지고 있었나보다
내력이 다른 감각들을 서로에게 퍼 나르는 일은
문신 같은 진한 흔적,
어쩌면 자해였는지도 몰라

우리가 뱉어낸 말들은
어둠을 향해 조금 울다
통로를 찾아내느라
귓속에 상처를 남기나보다

호수를 휘저어대는 가마우지 우짖는 소리에 갇혀
고난을 걸어놓고 하얗게 서 있는
옷을 벗은 나무들

무슨 말을 해도 다 들어줄 것 같은
살갗을 잃고 서 있는 나무를 바라보며
잊힌 기억처럼 말의 흔적을 읽는다

고로쇠나무의 노래

당신이 강요한 내 사랑은
어느 집 대문 앞에서 지폐와 교환되고
때론 송장번호를 달고
낯선 도시에 닿기도 하지

내 허리에 통로를 내고
강렬하게 요구하는,
혼자만의 생각으로 당신이 세워놓은 길
당신만을 위한 당신의 사랑 방식

물오른 나의 몸을 즐기는 당신 앞에
나의 중심은 눈물로
눈물로만 흐르네

나의 허밍은 통 속에 채워지고,
눈물을 통해서만 더 멀리 나를 보내
나를 부를 수 있다면
곡우 즈음에 나는 당신을 통과하네

과속 방지 턱

당신이 지나는 내 등피에
쓰린 상처를 묻고 낮게 엎드린
세상의 가장자리

숨 가쁜 질주 본능과
때로는 한눈팔다 거칠게
내 등을 밟고 지나가는
무심에 든 당신

감각을 허물어트리고
출렁이는 말들을 닫아걸고
바닥에 엎드린 내 모습을 향해,
속도 조절에 또 실패하는 당신

중심을 붙잡고 진화를 꿈꿔보지만
내 원형의 무게를 짊어지고 다시 눕는 저녁
본능을 끄지 못하는 당신

그래도 내 근심의 맨 처음은

먼 거리로 달려가는 당신과
내게로 다시 오는 당신의 속도

내가 해줄게

지문처럼 새겨진 상처를 보여주는 일
내가 해줄게
타인의 상처를 바라보면
행복을 느끼는 게 사람이라는 말,
쓸쓸하기도 해서 이 말
믿고 싶지는 않지만

기류에 휘둘려 스산해진 날엔
끓어오르는 뜨거움을 다독거리며
찰진 얼굴로 익어가는 따끈한 밥,
내가 밥 한 끼 해줄게

저기 좀 봐
들판을 다독이는 햇살 한 줌의 웃음과
순탄한 낱말들을 빈 가지에서
꺼내고 있는 바람의 손길

내 편은 하나도 없다고 외로워질 때
내가 손들어줄게
〉

살갗의 느낌보다
가슴의 느낌으로 길을 걷다가
주저앉고 싶은 그 이야기
내가 들어줄게

젖어 있는 자리 자리마다
꽃들이 울컥울컥 피어나게
손금을 펴 보이듯 나를 보여줄게

이팝나무 양산

버스 승강장으로 가는 길
한낮 햇살이 화르르 몰려오자
할머니 두 분 이팝나무 아래로 들어선다
꽃가지를 한껏 펼쳐든 나무 아래

바짝 들어서
아, 그래
입속에도 이팝나무 꽃잎이 피어난다

햇살은 짱짱하게 오월을 짜 올리고
이팝나무 여름 길을 하얗게 빛내고 있다

버스는 휭하니 지나가버렸는데
할머니 두 분,
꽃잎을 자꾸 내미는 이팝나무가 되어간다
이팝나무 양산 살에 바람이 미끄러진다

배꽃

추석 차례상에 올렸던
배를 깎다가 배 즙 한 방울이
얼굴에 튀어
순간,
배꽃 피었다

한 사람 앞에 하르르 떨어지던
꽃잎같이 부끄러웠던
실핏줄이 투명했던,

그때 내 영혼은 맑고 순수했었던가

차츰 살이 오르는 사랑이
햇살 냄새에 눈을 감던
초록 신호등에 멈춰
등이 부풀어 오르던,

그때
우리는 그냥 바람 같았고
우리는 바람에 잎 날리는 배꽃이었다

덕분과 봉분

당신을 찾아 어두운 골목을 달려나가
발목을 끌며 사라지는 어제를
뜬눈으로 바라보면
내 무덤은 쓸쓸하고 깊다

적막보다 멀리 있는 당신, 아득히 먼
없는 당신의 노래를 들으며
가물가물 끌려 나오는 내일을 만나러 가는 시간

당신은 살고 살아 무덤으로 남아
기억만으로도 내 신앙이며 성전이다

눈물로 만든 봉분은
삼 일 만에 당신을 땅속에 묻은 우리의 제도
이렇게 살아가는 덕분은
당신이 만든 삼십 년 내 적막과 고독

당신의 아름다운 이름을 꽃으로 바쳐
더 이상 눈이 부시지 않은 오늘

무한한 밤의 얼굴 위에 쌓이는
당신이 주고 간 눈물의 봉분과

당신이 남기고 간 모든 덕분들
오늘이 또 열리고 잊혔던 나는
아직도 눈물로 당신을 통과하네

정선

자연 한 자락 뗏목으로 띄워놓고
물박 장단에 해지는 줄 모르는 사람들이
막걸리 한 잔으로 거나해진
어깨춤을 축축하게 적시는 곳

거친 산자락도
궁핍한 밥숟가락의 허기짐도
귀동냥한 아라리에 섞어
바람을 잘라먹는 사람들이 살고 있는 곳

아라리 한 곡조 엮음으로 뽑아 올리면
세상 어디에서도 못 만난 사랑이
화살촉에 맞은 상처로 절름절름 돌아오는 곳

깜짝 젊음을 말아든 친구들이
다슬기된장국 끓이자고 왁자하게 쳐들어오면
평상 가득 매캐한 모깃불을 널어놓고
살아온 얘기 눈물 섞어 뚝뚝 버리고 싶은 곳
〉

꼬투리를 튕겨져 나온 풋콩처럼 외로워지면
무연의 거리에서 시큰시큰 사무치는
내 최초의 몸이었던 정선

아마란스 차를 내리며

한 시절 붉어져야 가는 길이라면
온몸 덖어지는 뜨거움쯤이야
꽃 소식으로 받겠네

너를 건너는 모든 순간들을
창문이 될 때까지 열어두어야 한다면
다 우려져 내 빛 사라져도
기꺼이 건너겠네

다관 속 묵상으로도 향기 품을 수 있다면
나는 못 보는 긴 시간
고독으로 부서져 고요하겠네

내 마음 갈피갈피 남은 상처가
명치끝 쓰린 무게 다독이는
한 모금 차로 우려내진다면
너에게 가는 길이 마냥 향기롭겠네

달걀

맨 처음의 보금자리 작은 요람의 단단함

기억도 함께 누운 작은 연못
숨을 모으고 웅크린,

그러나 깊은 단잠이다
팽팽한 힘줄도 동의한
깊은 잠이다

탁
탁 눈뜸의 순간,
눈매가 동그란 시간과의 눈 맞춤이다

휘청 세상을 읽는다 품고 있던 둥근 보름달

환승

강남 고속터미널에서 3호선 지하철을 타고
혜화동으로 가기 위해 4호선으로 갈아탄다
충무로 역에서 환승하기 위해
노란 선을 따라 집중하며 걸어간다

지하에서나 지상에서나 출구를 찾는 일은
무심한 듯 보이지만 집중을 필요로 한다
환호할 수 있는 지점에 도달하기 위해서는
때론 한눈팔다 길을 놓치고
불구의 기억으로 비틀대기도 한다

내가 여기까지 당도하면서
눈치껏 걸어왔거나 숨 가쁘게 뛰어왔거나
가다가 어리둥절 되돌아섰거나
갈아탈 수 있는 환승역은 곳곳에 있었지만,

놓쳐버린 길들이 있었음을
노란 금을 따라가며 생각한다
반대 방향으로 가는 건 아닐까 불안감은 있지만
선택한 입구를 믿으며 또 하나의 출구를 향한다

가을의 문턱

절기는 더위를 땅 밑으로 끌어내렸다

중력의 자장 속으로 들어가는
치솟았던 감정들과
어느덧 지쳐버린 유한한 모양의 요소들
한때는 무한함을 믿기도 했었던
가령, 사랑이나 희망 따위

여름을 벗어놓은 시간은
고적한 것들을
가을의 문턱으로 부른다

거리로 몰려나온 사람들이 많아
오히려 쓸쓸해지는 처서를 건너는 저녁
변신과 함께 사라져갈 풍경과,

낯선 노래를 주머니 속에 구겨 넣으며
미리 와 있었던 추억처럼 나는 나를 기다린다

추월대에 올라

낮은 지붕 위로 내려앉는 나뭇잎 소리
한 계절이 떠날 채비를 하는 소리인가요
달도 이젠 떠오르지 않네요
우리가 바라보던 원동성당
첨탑 위를 불그레하게 색칠하던
달은 어디 있나요

달을 향해 두 손 모은 우리의 소망도
돌계단을 오르내리던 달동네 사람들도
재개발 붐으로 기울어진 빈집을
남겨놓고 가고 없네요
참 그때 우리는 여행 중이었죠

낯선 원주에서 하루를 보내며 우연히 알게 된 추월대
비문에 새겨진 글을 보고 나서야
옛사람들이 달을 바라보던 곳이라 알게 되었고
어린아이들은 달을 쫓아 맴을 돌았었죠

당신은 떠나고 달의 기억으로 옮겨온 원주

남산 추월대에서 이제는 없는 달을 바라보면
뼈 마디마디 떠나가는 소리가 가득해요

아 저기 언뜻
나뭇잎 흔들리는 소리, 달밤이네요

폐지

관절 마디를 착착 접으며
한 줌 남은 숨마저 다 빼내고
물고 있던 허공조차도 토해내고서야
손수레를 타고 가는 호사를 누린다

몸을 들썩이며 키들대는 모습이
노숙으로 지내던 골목 귀퉁이
쓸쓸함에 젖던 밤도
다 지운 모양이다

누군가의 이름 앞에 부는 바람
다 막아주고도 버려지고 잊힌 시간을
시치미 뚝 떼고 주억거린다

우주 끝까지 닿을 것 같던 생의 순간들,
길고 긴 길을 당겨 접으며
머물렀던 흔적을 지우러 가는 길

방금 눈을 뜬 꽃잎처럼

오늘 불리어진 이름만으로도 넉넉해진,
가장 아늑한 자리로 돌아가는 길

2부

아보카도의 꿈

화분에서 자라는 아보카도는
십 년이 지나도 꽃을 피우지 못한다
당도하지 못하는 고국 소식을
귀만 늘어뜨리고 우두커니
접었다 폈다,

한 사람의 언어가 내게 당도할 때
꽃은 피어난다
다문화센터 한국어 공부방에서
낱말 하나에도 귀를 키우는 그녀들
푸른 잎은 무성하다

꽃과 열매를 기다리는 아보카도처럼
몸을 키우는 모습이 애잔하다

베트남 우즈베키스탄 필리핀 캄보디아
그리고 그 밖의 낯선 여러 나라들
아직 꽃으로 도착하지 못한
한국어 발음과 한글 받아쓰기
〉

곧 도착할 꽃을 피우기 위해
귀를 키우느라 야윈 이주 여성들
분 안에서만 걷고 있는 아보카도 같은,

내 이름

네 번째 시집을 준비한다
아버지가 지어주신 아름다운
내 이름을 표지에 넣는다
나를 아는 당신은 나의 결핍을 읽고
내가 모르는 당신은
나의 풍요를 보리라 생각한다
자꾸만 덧나던 나의 어둠과
찬란한 빛을 미처 가져오지 못한
나를 읽는 동안
당신의 시간이 조금쯤은
가벼워졌으면 좋겠다
등을 다독여주는 낱말 하나
씀벅씀벅 촉수를 올리면
살아가는 기쁨을 주억거리는
당신이 내 곁에 머물러주면 좋겠다

수탉

수탉 울음소리를 듣고서야
혈관 깊숙이 숨결을 불어넣은
빛이 다시 돌아오는구나

얼레빗 하나를 관모처럼 눌러쓰고
늙은 수도자처럼 일어나서
깨어나는 기쁨을 전하는 수탉

꼬끼요오 오 오
꽃이요오, 꼬 옷
꼬꼬꼬옷
복고풍으로 꽃을 열고 있다

햇살이 태엽을 팽팽하게 감아올리자
어둠에 잠겼던 눅진한 것들이 옷을 벗고
젖은 몸을 들판에 널어놓는다

어느 신께서 내린 관직이기에
이리도 화창한 순간을 열고 있느냐
휘파람소리만으로도 꽃을 피우느냐

숨바꼭질

꽁꽁 숨어버린 친구를 못 찾았는데
골목길이 저물 때가 있었어요
다급함이 밀려오는 골목에서 징징거리다보면
멀리서 엄마가 날 부르는 따뜻한,

울컥 눈물이 올라오는
아늑했지만 서럽던 기억이 있었어요

어렸던 친구들처럼 시는 내게 술래를 시켜요
그 많은 단어들은 어디로 숨었을까요
비틀거리는 순간은 길어지고
마음 닫고 잠들 수도 없는 밤

화들짝 놀라운 감각 한 순간의
반가움과 떨림으로 조율한 음절과 음절
엄마가 날 부르는 음성이
슬며시 다가오는 서러운 기쁨

부탁해 1

괜찮아
수고했어, 내일은 웃어야 해
웃어줘야 해 새로운 출발이
내일 또 있을 예정이니까

흘린 내 눈물로 만든
오늘 무대는 한 발 더 건너는
징검다리라고 말해줘
그리고 내일 무대는 탄탄하게 세워줘
부탁해 거울아

내일은 파랑으로 돋아나고,

모레는 동그랗게 길을 걷고
글피는 고요한 저항으로
그글피는 푸른 숲을 바라봐줘

그리고 나머지 날엔
침묵으로 남아줘, 거울아

부탁해 2

받아들이면서 건너가야 해
어떤 날씨도 잘못된 날씨란 없는 거야
멀고 먼 도착 지점을 향해 갈 때
순간적으로 잠시 변했을 뿐이야

개나리가 12월에 피어나고
진달래가 가을에 다시 한 번 꽃 피운다고
어느 눈짓이 꽃을 탓해

철쭉 꽃잎에 흰 눈도 함께 피어나는 5월
코로나 바이러스도 어딘가로
번식을 꿈꾸고 있어서 낯선 거리지만
우리가 걸어야 하는 길이니까,

적념과 수난은 섞여서 오는 구조니까
그래도 봄노래를 가만가만 불러야 해

끊어질 듯 팽팽해지는 길을 걸을 땐
힘 다 내리고 끌려가도 좋아

그 너머엔 도착 알람이
힘을 심고 있을지 모르니까

부탁해, 어느 길에서든 행복해야 해
풀죽어서 주저앉고 싶을 땐
앉은뱅이 꽃처럼
가장 낮은 곳에서 피어나면 되니까

부탁해 3

그 저녁 당신은 또 집을 나서면서 얘기했어
나 없으면 뭐 할래
시나 써 시나 쓰라고,
시집살이에 애쓰는 모습이 안쓰러워서
그냥 해보는 말이라고 웃음으로 대답했지만

민주화 운동으로 시끄럽던 거리에서
당신은 영영 돌아오지 않았고,
그건 내게 던진 마지막 부탁 맞는 거지?

가던 길을 되돌아온 당신은
징징 돌아가는 자전거 바퀴를 왼발로 슬쩍 누르면서
말했어 밤샘 근무가 장기화될 것 같으니까
밤에 누가 문 두들기면 바로 열지 말고 랜턴으로 비춰봐
오늘 나가서 랜턴 하나 사다놔,

당신이 떠난 후 한밤중에 누군가가 문을 두들겼어
경황 중에 랜턴은 사지도 못했는데
당신의 지청구를 잊고 있었는데,
〉

시나 써 시나 쓰라고 했잖아
"부탁해"라고는 안 했지만 그 말,

라떼는 말이야

바람과 미루나무 꼭대기
구름과 깎아지른 단애처럼
그저 누구나 바라볼 수는 있겠지만
다가설 수 없는

아직 태어나지 않은 시간을 쥐고 있다가
화들짝 생겨나는
소낙비 같은
큰소리라는 게,

큰소리치는 사람은
기분도 권력이라고

누구에게도 함부로 가져서는 안 되는
갑자기 퍼부어대는 소낙비의 형식
부서진 유리 같은 감정은,

어느 바다 기슭에서 올라와 저 의자에
뼈를 곧추세우고 등을 말리고 있는

흘러간 한 소절 노래
라떼는 말이야,

개복치의 꿈

아가들을 꽃 피우기 위해 빈집이 된
그늘과 중력을 믿는 허리를 드러내면
뜨거운 물에 데쳐내야 사랑받는
개복치를 닮았어요

관상용 수족관에서 노니는 물고기와
눈을 맞춘 적 있다고
수족관의 환상에 대해 잠깐
생각들을 나눠보기도 하지만
기적을 믿는 시간은 자꾸 멀어져가요

갱년기 탓이라고 때론 야해지기도 하는데
두 손으로 얼굴 가리고 모든 걸
남편 탓으로 마무리 지으면
뜨거운 사우나가 마냥 즐거워요

사소한 터치에도 예민한 개복치의 감정은
늘 위태롭지만,
개복치는 부드러운 속살의 음률로 살아간대요

파란만장波瀾萬丈

기구하고 복잡한 운명의 수식이 아니라
파란만장은 청색青色빛을 띤
만萬 장章의 꿈이 아닐는지요

만 장의 파랑에 기록된 생은
갈피마다 다시 피어나는
풀잎인지도 모르겠고

숲을 끼고 흐르며
굽이굽이 다른 노래를 부르는
개울물이기도 하구요

살아온 생을 서로 이야기 나누다가
감정 이입도 없이 툭 던져주듯이
파란만장이라는 수식을

생각에 잠기는 순간도 없이 어찌 이런,
파랑을 만 장 품었다면
그 무엇이 청청하지 않겠는지요

멍에

멍에를 짊어진 지친 눈망울은
워낭 소리로 노역을 달래며 밭일을 하고
밭담 너머 뒷짐진 영감님
이삭 패면 바라보기 좋겠다
헛기침으로 나절을 지낸다

보리 싹이 돋아나기 걸맞은 깊이의
멍에가 채워져 겨울 밭을 갈아내고
멍에가 몸에 맞게 길들여질 때면
쓰던 멍에는 벗을 때가 되었다는 것
수수밭을 갈기 위해서는 수수 키에 맞는
멍에가 필요한 시기이므로,

다독임도 감동도 없는
다음 행사 하나에 길을 만들기 위해
이랑의 깊이를 가늠하다보면
지친 마음은 멍에를 짊어진 소를 닮아
단음절에다 생각을 구겨 넣는다.
〉

구불구불한 이랑이 환하게 열리고
풍경들이 들어와 바람을 일으키면
멍에를 지고 이랑을 만들던 소는 잊히고
배부른 영감님 웃음소리만 출렁거린다

멜국 한 술

밥숟가락에 목이 메면
멜국 한 술로 밥을 밀어 넣고
멜무침 한 점으로 밥을 부른다는 제주 해녀들
멜이라는 이름만큼 낯선 사람들

살이 오른 멜의 속심으로
마음을 쓸어내린다는 아직은
늙지도 못하는 해녀의 푸념은
수심보다 깊지만 멜의 몸짓처럼 날렵하다

바다에다 족보를 묻어둔 멜의 가문은
깊은 수심에 뼈대를 세웠지만
멜의 등은 바다에서 자장 빛난다

은근히 우려내야 속풀이 국이 되는 멜
제주에 살고 있는 멸치의 다른 이름,
응집된 멜의 속마음은 제주 멸치의 다른 이력

멜 우려내는 소리를 해녀촌 한 구역이 끓여내면
나그네도 멜국 한 술에 염치없는 이웃이 된다

너의 사랑

봉분으로 없는 문을 닫아
내 몫으로 남은 사랑은 몇 장
챙겨둔 추억뿐이지만
다독거린 기억을 경전처럼 펼치네

입속의 말들은
화기를 잃은 벽난로에 남겨진
납작한 잿더미로 온기조차 없지만

누구도 엿볼 수 없게 너의 사랑
내 안에 가두었네

미리 있었던 약속처럼 우리가
지나온 길은 되돌아나가는 길이 없어
그 입술 내게 다다르지 못하네

너의 사랑 내 안에 가둬놓고
나날이 부푸는 감정선을 둘러치니
아무도 열 수 없는 문이 꽁꽁 잠겼네

가면극

해물찜에 들어간 미더덕은
갖은 양념에 버무려진 오만둥이이고
이름표를 달고 있는 조기는
여차저차 부세가 많다는데요

밖에서 만난 당신의 이력은
소문난 맛집 접시에 담긴
해물찜처럼 풍성하고 화려하죠

전복과 오분자기의 구별은
등껍질에 있는 구멍 숫자로 한다지만,

모두가 탈을 쓰고 열연하는 가면극에서
덧칠한 분장 속 우리는 어느쯤에서
가면을 벗고 서로의 얼굴을 마주하나요

말의 순간들

엄마의 진통이 거듭되자
아가는 응애응애 도착을 알린다
서로에게 다가가는 말의 발걸음
열리고 익어가는 말의 열매들
말의 다독임 말의 기적,
말을 타고 내게 오는 설렘과 환희
아! 말의 떨림들 말의 진실된 순간들

헛간에서 새끼를 낳은 우리 집 개는
밥을 먹이려고 내가 부르는 소리에
경계를 둘러치고 으르렁거린다
억측이 만든 말의 두려움
말이 주는 상처 말들의 미안함
말에 걸리는 피할 수 없는 생각 밖의 생각들

괜찮다고

추석을 앞두고 태풍이 몰아치고 태풍 뒤에 가을비가 내린다
젖은 몸으로 안방을 들여다보는 유리창과 고향 생각에 절뚝절뚝
젖어가는 내가 마주 서 있다

몇 송이 남은 줄장미도
담장과 함께 출렁 젖어드는데
꽃술까지 흠뻑,

젖고 싶은 모두는
그저 젖어가는데
젖지 않는 것은 울음 우는 빗줄기뿐이다

아우라지가 바라다보이는
부모님 무덤가 도래솔도 비에 젖어 추석을 맞겠다
발목까지 푹푹 젖어들며
바늘 같은 이파리로 바람을 흔들어대겠다
〉

젖어서 목이 꺾인 풀들을 바라보실 어머니는
그저 젖어들다 툭툭 일어나면 괜찮아진다고
여뀌 같은 꽃 웃음을 어느새 꺼내고 계시겠다

눈물

동굴은 어둠 속에서도
혼돈하거나 잘못 보지 않고
눈물을 모아 벼리고 깎아
단단하게 조여 기둥을 세웠네

이른 아침 동굴 앞에 서서
어둠의 신탁으로 눈물로 살아가며
안개 한 모금으로
목을 풀고 있는 동굴의 허밍을 듣네

겨우 제 몸 하나 건져놓고
무엇으로 바꾸지도 속이지도 않으며
말린 눈물을 짜 올려 지붕을 엮었네

지금을 지키는 맨 처음 약속은
나중에 이루어진다고
밝은 세상으로 향하는 길을 깔고 있네

3부

연두는 첫사랑의 이름이었죠

첫 하면 떠오르는 낱말이
왜 첫사랑만 있겠어요
접을 때는 몰랐던 접혀진 뒤에야 찾아오는,

생각나지 않았어요 맨 처음의 그것
잊은 것이 아니라
저녁을 부끄러움처럼 끌어당겨 덮고 있었지요

영원이라 믿었던 아옹다옹
사랑은 지워지고

압축을 풀어낼 프로그램이 사라져
궁리 끝에 밭 꼬랑지 하나 장만해
첫 자를 심어요 상추 쑥갓 오이 토마토

밭이라 할 것도 없는 주머니만 한 땅에
모두가 용서되는 연두가 돋았어요
연두는 덮어놓았던 첫사랑의 이름이었죠

꽃길

저기 좀,
제방에 길을 낸 망초 꽃길이랑
여뀌가 가꿔놓은 마을 어귀길

길이 헝클어질까 조심조심 피어나는 꽃들

물소리를 받아 빚은 물봉선 꽃길은
마냥 투명해
꽃봉오리 부서질까
청개구리 멀리뛰기로 도랑을 건너고

약속은 나중에 이루어지는 거니까

함께 어울려 서로를 바라본 같은 표정이 꽃으로 피어난 길

간혹 새들이 날아와
길을 묻다가
꽃그늘 출렁 눈뜨는 소리에 날개 접고
종종걸음으로 걸어가는 꽃길

문득

다양한 양념스프 맛으로 이름이 불리어지는 라면에
양념스프가 빠지면 무슨 라면,

양념스프의 쓰임은 다양하지만
면 덩어리는 끓여도 부숴도 면일 뿐이라는
생각에 마음이 가벼워져
기우뚱,

땡땡라면 속 면일 뿐이지 주인공은 무슨,
속임수에 불과한 단어다

라면을 끓이다 설핏,
황폐의 형식이 된 어떤 얼굴을 떠올린다
과정을 통과하는 역할이 수직으로
구분되어버린 무대를 생각한다
어쩌다가,

한 봉지에 담긴 면과 양념스프의 관계는
그냥 하나일 뿐이라는, 라면을 끓이다 문득
가벼워지는 생각

살구와 매실

매실인지 살군지 비슷한 과일이지만
굳이 구별을 필요로 하면 구별은 늘 어렵다
초록으로 모여 앉았다고 모두가 매실은 아니다

청매실인 줄 알고 항아리에 눌러 담아
설탕으로 다독이려는데
옆집 할머니가 살구란다
그것도 개살구란다

매실은 매실나무에 열리고
살구는 살구나무에 열리지만
매실은 다 익으면 소용이 줄어든다 말하지 않으며
살구는 설익으면 못 먹는다 말하지 않는다

말하지 못하는 사람의 사랑아
웃음 속에 숨어서 끝내 사랑이라 이름 지어진 마음들아
다 건네지도 못하고 넘어지는 내 마음아

산국은 피고 지고

산국의 계절입니다 별들도 피고 지고
산국도 피고 지는 계절, 오늘도 우리는
각자 세우는 핏대로 누군가 피우려는
꽃대를 수군수군 흔들어댔을 뿐,

제 속에 있는 꽃대는 밀어 올리지 못했습니다
각자의 기준점으로 세운 서열이나
접대 받고 싶은 기대치에 대하여 치열하게
혹은, 치졸하게 핏대를 세워 올리는 사이
산국은 꽃대를 뽑아 올렸습니다

꽃들에게 자리를 마련해주고
보이는 것 너머의 방향을 일러주며
먼저 시들어가는 잎들은 입을 내리고
향기가 매달리는 중심이 되었답니다

별을 이고 지고 꽃대는 피고 지고
향기들이 명랑보를 전하는 산국의 계절,
향기가 넉넉한 산기슭이 마을로 내려옵니다

뒤란

그해 엄마를 태운 꽃가마가 마지막으로 뒤란을 한 바퀴 돌때
얼굴들은 젖은 뒤축 한 구석을 수런수런 말리고 있었는데,

뇌수를 말리는 맨드라미는 꽃상여에서 떨어진 한 방울 울음이어서 색이 진했다

단 한 번 드러내보지 못한 뒤란 같은
엄마의 시간 속을 찾아와보니
다른 궁리라도 있기나 한 것처럼
떨어진 잎들은 뒤란에 모여 웅숭그린다.

가을을 말리는 맨드라미는 여태도 붉고
소금항아리를 덮은 짚방석이 여록으로 꽃을 피워놓았다

만지면 부서질 것 같아도 균형을 잃지 않던 엄마의 시간들이 뒤란에 다시 피어났다

약속

툴툴거리는 기계를 새벽에 깨워
빵 반죽을 돌리고 치대면서
소용이 배어들기 적당하게 발효된
반죽을 스펀지처럼 구워낸다

갓 구워낸 식빵은 저녁처럼 부드럽지만
지폐 몇 장의 쓰임을 가누다보면
팔다 남은 빵처럼
세상이 굳어져버린다

우두커니 가늠해보면
빵은 밥이고
빵은 목줄이고 내 아이의 아비이고

뒷주머니에 찔러 넣은 시詩 한 줄은
깐깐오월나절을 잃고 위로를 모르지만
나를 달래는 긴급 타전, 구조 신호다

마디가 굵어진 손가락으로

수신 불가 지점을 타전하다보면
시시하고 애매한 몽환계를 걷지만
약속에게 닿기 위해 보이지 않는 길은
눈을 감고 걸어간다

다리를 건너다

어깨 맞대고 함께 보낸 사연을
천 년 동안 빌고 빌어
톱니무늬를 맞춘 돌들이 만든 길
너를 보내고 농다리를 건넌다

말을 삼키고 있는 돌들을 밟으며
우리를 건너던 말들을 생각한다

몇 번의 제방을 넘어온 물들이 돌기둥에 기대어
제 깊이만큼만 잠시 울컥대다
아무 일도 아니라는 듯 지나가고 있다

밟힌 등짝을 내어주고도
깃발같이 빛나는 농다리를 건너며
내 안에 있는 또 다른 맥박으로
너에게 가는 길을 다리로 건너간다

초록밥상

미나리 한 접시 무쳐놓고 앉아
추운 겨울을 배고 있던 12월의 등뼈와
지루해지기 시작하는 기다림을 얘기한다

30매들이 공적 마스크를 사겠다고
공영 홈쇼핑 채널에 집중하다 바이러스처럼
예민해져서 몇 개 남은 마스크를
헤아리고 헤아려보는 하루하루
금방 뜯어왔다는 미나리 한 움큼이
초록 밥상을 차린다

사회적 거리라는 낯선 거리에서
조심스레 건네받은 봄소식 한 아름에
가슴이 울컥거린다

이별하는 모든 것들처럼
캡슐 안에서 움츠러든 봄이지만
마음 곁들인 초록 밥상을 차려놓으니
멀리 있는 이웃이 길을 찾아준다

들리나요?

100인 시화를 게시하고 나니
뜨겁던 햇살이 조도를 조절하며
저수지 둘레로 그늘을 당겨오네요

가로등이 귀를 세우는 시간
물의 찰방거림도 없는 여기
둘레 길에서 이야기들을 들어보실래요?

짙게 물들었거나 아직 망설임이거나
쓸쓸하거나 혹은 명랑하거나
길을 지나온 이야기들이지요

가을을 펼쳐놓은 저 이야기 속엔
봄의 아픔이 아직도 접혀 있어요
여름날의 매미 소리도 묻어 있고
아, 어쩌면 펑펑 쏟아지던 흰 눈도 담겨 있겠네요

조곤조곤 찍히는 발자국 소리 들리나요?
생의 한 골짜기를 건너가고 있는,

월요일의 문장 부호

쉼표를 지우고 줄 바꿈으로 교정하는 출근길 눈인사
지난주에 놓쳤던 생각을 챙겨들고 닷새간의 공간이 묶여 있는
매듭 속으로 넣음표를 친다

분주하고 예민하게 밀고 당기며
헐거워진 문장을 좀 더 단단하게 조이면
시작점은 늘 버겁지만

따옴표 속으로 들어가는 발걸음들이 앙큼상큼하다
이쪽에는 부재한 저쪽으로 향하는 속도,
월요일의 부호를 챙겨들고 접혀 있는 것들을 펼쳐낸다
다시, 월요일

깊은 가을

몇 번의 제방을 넘어온 강물은
지고 온 고난을 부리기 위해
강기슭으로 모여들며 자서를 쓴다
강물은 바닥까지 쓸쓸하여,
호수 둘레 길 벤치에 걸터앉은
바람이 가을보다 더 나직해진다
흘러가는 마음을 멈춰버린
호수에 다다른 강물은
몇 뼘 짧아진 햇살이 내려오면
낮은 음률로 웅얼거려보기도 하고
잎맥이 선명한 단풍잎 한 조각 받아들고
세월 한 줄 끼적거리기도 하지만
깊은 속을 드러내지는 않는다
산 그림자까지 품어 잠재우면서
끝내는 보이지 않는 강물의 속내를
무엇의 이름으로 건너가랴

꽃의 기록

활짝 열어 다 보여줬으니
꽃은 지는 게 아니라,
이기고 돌아가는 것이다
돋보이던 화려한 옷들을
다소곳한 흙에게 입혀주고,

많은 것을 담지 않으려
온몸을 흔들며 살아온 꽃은
조금 늦게 온 꽃들의 자리를 위해
망설임도 회한도 없이 쉼에 들었다

생의 기록은 한 알의 작은 점
또 하나의 얼굴을 꽃으로 피우기 위해
만화방창 시절을 털어내며, 꽃은
지고 있는 게 아니라 이기고 돌아간다는
기록을 남긴다

오후 다섯 시의 햇살

링거로 연결된 자기 검열의 순간이다

자신의 영혼을 바라보는 에너지는
남겨질 다른 누군가가 눈여겨볼 뿐,
시간은 나누어도 나누어지지 않아
맞닿아 이을 수 없는 시간은
기어이 흙과 섞이고 말 것이다

동백의 선혈이 떨어진다는 호출음이
간혹 중환자실 대기실을 울리기도 하여
시간보다 긴 기도는 끝을 맺지 못하고
불안한 공간은 이내 저녁이 되곤 한다

한때는 물을 빨아올리던 동백을
한 세월 사랑한 여자가 환한 복도에서
비틀거리다 쓰러진다 삶의 속도가
이별의 순간으로 들어서는 순간,

사랑은 어디쯤을 지날 때 태엽을 놓치는 걸까

오후 다섯 시의 햇살을 한 개의 빈 의자에 앉혀놓고
어느 역에서 조용히 내리는 걸까

그해 겨울

섬도 아니면서 꼭 다리를 건너야
갈 수 있는 곳이라면
그럼 섬이겠지요

기울어지지 않으려고 한사코
어지럼증을 앓으면서도 찾아가면
그 겨울 내내
함박눈이 내려앉는 마을은
적막 한 송이로 섞여들라며
바람 소리를 막아주곤 했지요

강변에 주저앉는 눈송이들과
출렁거리는 다리를 건너지 못하는 나는
서로의 색으로 물드는 시간도 있었지만,

녹아 흐르는 눈과 사랑을 읽지 못하는
청맹과니의 눈물만 질편하게 섞어대다가
다리 하나 짓지 못하는 또 하나의
섬으로 남겨지곤 했지요

아름다운 감옥

돌아온 봄은 창문마다 빛을 걸어놓았지만
자연 치유의 속도는 더디기만 하고
출감 일자 통보 소식은 우리에게 도달하지 않았다

쩔쩔매는 나를 늘 비웃는
인도고무나무는 좁은 분 안에서
완성해야 할 제 모습을 짓기 위해
제한된 공간을 밟으며 테를 넓힌다

손을 씻어야 문을 열 수 있다는
통합뉴스에 귀를 걸어놓고
기울어가는 봄밤을 뒤적이다보면
오래전에 떠나온 거리가 사무치게 그리워,

인도고무나무는 새순을 하나 더 내밀었고
함부로 쓰인 낱말을 골라내느라 자꾸 예민해지는
나는 마스크처럼 말을 묶은 채
소용이 배어들 날을 기다리며
아름다운 감옥이라는 슬픈 문장을 짠다

4부

커피도 인생도

커피도 인생도 마침내 쓴맛에 익숙해지는 것이 아닐는지요?

인생의 쓴맛에 눈물단지 펑펑 쏟아내고 커피 한 잔으로
목울대를 쓰다듬다보면 숱한 감각으로 엉겨 굳어진
단맛의 시간이 느껴져요

설탕을 넣고 크림을 띄우고 시나몬도 첨가해보셨겠지요
혀끝의 유혹에 빠지는 순간이 있었지요

물과 적당량의 원두만 준비했어요
적막을 잠깐 물고 있던 커피는
본래의 향을 놓치지 않고 기착지에서
쓴맛을 다독이는 호흡을 기다려요

생의 맛깔스러움에 마음을 담그면서
누군가와 마주할 때 섞이는 서로의 비율을 가늠해요
〉

커피도 인생도 쓴맛에 성기지 않아야
제 향기를 낼 수 있다는 오래된 생각을 기억해내요

발간

이 시집은
읽는 마음에 따라
다르게 읽혀질 것이다

읽혀질 순간을 기다리는
무의식적인 기억들을
겁먹고 있는 생각들을
이곳에서 나는
나의 정체를 파문시킨다

어눌한 언어로
형태의 흔적으로 남기 위해
이 한 권은 만들어졌다

읽힐 수 있는 지점으로 가기 위해
아직 읽힌 적이 단 한 번도 없다

장마

나처럼 슬피 우는 빗줄기
이 비는 어디서 흘러오는지
내 눈 속에도
매일 흐르는 빗물
멈추지 못하는 장맛비

내가 이토록 눈물이 많은 줄 몰랐듯이
저 하늘이 저토록 자주 울 줄 몰랐었어

사라지지 않는 슬픔을
멈추지 못하는 눈물을
향하는 곳을 향해 자꾸 울고 있어

그칠 줄 모르는 빗줄기
장마에 업혀오는 빗줄기
나처럼 오래오래 우는 빗줄기

달 보러 가는 길

나팔꽃 넝쿨을 잡아주는 철문은 녹물로
자리를 굳혔는지 이젠 삐거덕대지도 않는다
늙어서 떨어진 호박에서 해마다 다시 피는
호박꽃들이 조롱조롱 피어 있는 길
이 도시에 이런 산중이 있다니,
삶의 형식이 만들어냈던 계단과
최소한의 면들이 이어진 공간에서
어떤 사람들이 이곳에서 살다가
어떤 물결에 밀려 이곳을 떠나가버렸을까
줄 끊어진 온수 매트로 막아놓은
저 담장 안에서도 한때는
따뜻한 저녁을 들여앉혔었겠지
추월대*에 달 떠오르면 마당귀를 밟고 서서
닿을 수 있는 무언가를 빌고 빌어도 봤겠지
새로운 삶의 방식에서 밀려난 동네
도시와 공존하는 삭제된 기록 같은 길 끝엔
빈 가슴으로 달을 바라보는 추월대가 홀로 서 있다

* 원주시 원동 남산에 위치, 조선 시대 시인묵객들과 관찰사 동주 이민구가 자주 올라 달을 바라보며 시를 읊던 곳

열쇠

현관 열쇠를 잃어버리고 자꾸만
잃어버리던 어린 아이는
내가 돌아오는 한밤중까지 복도에서
계단에서 재활용 박스 안에서 꽉 잠긴
비밀을 베고 비밀을 놓친
열쇠를 찾는 꿈을 꾸곤 했단다
그 많은 잃어버린 열쇠는 지층 어느 모퉁이에서
아이의 아픔을 녹슨 얼굴로 지우고 있겠다

아이는 다 자라 내 집으로 들어오는
비밀을 더 이상 필요로 하지는 않지만
아이가 첫 봉급으로 장만해준 열쇠는
훈련된 비밀 단체의 비밀 요원이다
무장무장 잠긴 현관 문 앞에서 암호를 타전하면
비밀 요원은 맑은 응석으로 문을 연다
안과 밖을 경쾌한 리듬으로 조율하는
띠 띠 띠 띠 띠리링

가벼운 하루

오늘을 하루씩 늘려가는 것이다

아침 일곱 시에 일어나 커피 한 잔으로
잠 부스러기를 털어낸다 어느 작가의 생각을 몇 장 읽는다
무언가를 한 줄 써보려다 의미에 걸려 그냥 눕는다

한나절을 그냥 보내버린다 하릴없이

풍경을 바라보기 위해 문을 연다 세상이 눈부셔
다시 문을 닫는다 오후의 등뼈는 앉아서 졸기 참 좋은 구조다
무언가를 덜어내려고 머리가 기울어진다 항아리 주둥이처럼,

입을 벌리고 졸아도 쏟아내지 못한 생각들이 차오른다
그냥 한 줄 써본다

이순 고개를 넘는 길은 카카오 톡의 알림 음처럼 바쁠

일도 없다

빛나는 일은 빛나는 사람들이 빛내고 있다 그리하여
가벼운 하루를 하루씩 늘려가는 것이다

감침질

상처를 다독거려준다
실밥을 놓치고 길을 잃은 옷소매를
무릎에 뉘이고 길을 찾아준다

바느질이 서툴러 어설프긴 해도
끌어안고 정성을 쏟으니 모양이 돌아온다

허방에 빠져 허우적거릴 때마다
무릎에 나를 뉘이시던,
헐렁해진 마디로 절룩거릴 때마다
감칠질로 다독여주시던 손길을 생각한다

너덜대는 상처를 거두어주면 가지런하게
살아나는 상처가 있던 자리 조각난 두 길을
마주 붙이면 애당초 그 길보다 단단한 길이 된다

올을 잃은 옷을 꿰맨다
한 땀 한 땀 바느질로 울컥거리는 상처를
일으켜주시던 엄마가 보고 싶다

웃는 울음

울음을 울어본 사람만이 아는
첫날을 물들이는 첫 울음이다

끄트머리들이 환한
울음을 끌어올린다
버리고 갈아낸,

새로 찾아낸 언어를 품고
지난날의 눈물은 바다에 묻어놓고
울음의 끝을 둥글게 말아 올렸다

새로 생겨난 첫날 떠오르는 환한 울음
절대 고독의 체온으로 그림자도 붉은,

친구 찾기

강변을 진종일 걸어봅니다
수많은 돌 그중에 골라낸 하나
품에 안고 돌아옵니다
마음 한 자락 생겼습니다

뜨거운 물에 삶아내고 닦아내니
아뿔싸!
금가고 흠집 있는 돌덩이
송편 빚듯 다시 빚을 수도 없는
이미 단단해진 돌

강변에 도로 갖다놓고 돌아섭니다
내가 선택하고 내가 버린 돌,
돌아가 다시 안고 돌아옵니다

마음 하나 끌어올리는 일
내가 지은 마음이기 때문입니다

가끔 닦아주고 바라보지만

구석구석 아픈 틈을 품고 있는 돌
내 마음을 다시 바라보게 됩니다

그저 바라만보는

우리는 입술을 봉하고 말을 닫았어
문밖으로 나가는 것은 최소한의 반경,
가까이 다가올 때는 특별한 선택을 받아야 해

일용할 양식을 구하러 가는 길
누군가와 인사라도 나누게 될까 입술 끝을 조이고
반가워도 손을 덥석 잡지는 말아야지 생각하면
손가락 끝으로 자꾸 마음이 끌려가,

봄소식을 마스크로 막아버리고
한 해 여름도 장마에 떠나보내고
어떤 사람에겐 조심과 소심이
같은 뜻으로 통용되는 시절이야

봄 바다가 보고 싶어 강릉을 다녀왔다는 사람은
바다 풍경과 몇 개의 자세를 SNS에 올리고
불발로 떨어진 탄환 같은 하트 몇 개를 받았어

보이지 않는 것을 관찰하는 서로를

지켜주는 착한 약속,
그저 바라만보는 거리에 우리는 지금 서 있어

꽃씨

한생이 지나가는 소리가 이토록 고요하네

분칠하고 흔들리던 젊은 날은 날개를 접고
가슴을 휘젓던 나비 떼도 모두가 돌아갔네

세상을 바라보던 감정을
완성하는 시간

꽃피우던 방들마다 커튼을 드리웠네

지나가는 바람이 기웃 들춰보지만
쉿, 조용
아직은 문 열 때가 되지 않았어요

고구마 한 개

호미 날에 찍힌 고구마 한 개
화들짝 놀라는 눈빛,
멍울멍울 흐르는 엄마의 젖줄이다
한 줄기에 모여 앉은 가족들 중에
못난 놈 하나 있어,
엇나간 막내둥이 고랑에 앉았다가
어설픈 농부의 호미 날에 찍혔다
내가 이랑을 벗어나 여기저기
떠돌 때,
밥 먹고 가거라
어디를 떠돌고 있어도
행복할 권리를 주신 엄마는
아슬아슬한 젖줄을 멀리까지 대주셨다
흠집 난 고구마 한 개를 들고
아직도 여물지 못한 가슴이 미어지는데
빛 조각을 모으는 저녁노을도
파헤쳐진 고구마밭을 덮어주느라
산마루를 못 넘어가고 있다

배웅

내가 홀로 거리를 서성일 때 발등으로
떨어지던 단풍잎처럼 가로등 불빛도
등을 기대기 위해 바닥에 눕는다

나뭇잎들은 옹송그리다 바람에 몰려가고
서로가 등을 기대야 따뜻해지는
겨울 길목으로 비도 오려나

일찍 귀가를 서두른 사람들은
겨울 스위치를 올리고 구르는 낙엽을
배웅하면서 소소한 감정에 젖어보겠다

한 점 바람에 비틀거리는 저 환한
스러짐은 누구의 가락인가 빈 거리에
길게 누운 가로등 빛은 누가 쓰다
내다버린 제목 잃은 시 한 줄인가

방향의 설계도

방향을 접고 길로 나서면
단추를 잃은 셔츠처럼 가벼워진다

어디에 닿겠다는 질긴 생각을 지우면
거저 얻어지는 자유와 선택
발걸음 닿는 곳이 경이롭다

벌거벗은 길 위에서,
어린나무의 이름을 지어준다

나무의 이름을 불러본다
새로 설계되는 나의 방향은
유목을 꿈꾸며 울렁거리기도 하지만

먼저 와 있는 층계를 밟고 서서
흠집을 다독이며
또 다른 방향을 다짐하기도 한다

풍선넝쿨

나는 어디로 가고 있나
끊임없이 표현해야 살아 있는 생이라는 생각에
줄기가 흔들릴 때마다

손을 마주 잡아야 따뜻한 길을 오래 걸을 수 있단다

지지대는 나를 표현하는 무대를 준비해주고
마디에 통점이 자랄 때마다 손을 내밀어보라고,
나아가는 일에만 매달리지 말고
각자의 가치에 집중하라고 위치를 교정해줍니다

표현을 위한
공감 소통을 위한
웃음주머니 하나,
풍선을 꺼내는 속도에 슬쩍 힘을 얹어봅니다

출렁임이 부풀어 오를 때마다
나약한 존재감을 들키고 마는 나의 넝쿨손
그래도 사랑이라는 심장 하나
씨앗에 작게 새겨보는 손짓이 내 마음입니다

해설

'여름을 벗어놓은 시간',
그 성스러운 저녁 빛에 스며드는

박성현(시인/문학평론가)

1

하이데거는 "사유는 존재를 말하고 시인은 성스러움을 이름한다"는 명료하고 간결한 문장을 통해, 시인을 다시 규정한다. 요컨대, 시인이란 대상(혹은 사건)에 깊이 잠들어 있는 어떤 '성스러움'을 일으켜 세우고, 그것을 명명함으로써 언어-속-에 맥락화시키는 자(者)라는 것이다. 우리는 통상 시인을 정의할 때, '대상'에 숨겨진 의미와 형상들을 이끌어내고 그것을 언어로써 표상하며, 감각과 사유의 확장을 이끌어내는 자로 말하는데, 하이데거는 이를 좀 더 정교하게 가다듬으면서 '성스러움을 명명하는 자'로 사태를 새롭게 전환시킨 것이다. 과연 우리는 말년에 이른 철학자의 '성스러움'에 대해, 그리고 이를 명명하는 자로서의 시인이라는 이 낯선 배치에 대해 어떻게 받아들여야 할까.

여기서 '성스러움'이란 종교적 범주에서의 '신성' 혹은 '주술'에만 국한되지 않는다. '성스러움'은 과학기술이 초래한 극단의 합리성에 대립하며, 특히 자본주의가 가속하는 거의 모든 존재들의 세속화에도 저항한다. 이미 신의 영역으로 간주되던 것조차도 인간의 표정을 지은 채 아케이드에 진열되고 있음을 상기하자. 확실히 우리를 둘러싼 거의 모든 존재들은 자신의 내면에 깃들어 있는 '성스러움'에 대해 무감각하다. 전혀 직감하지 못한다 해도 틀리지 않다. 왜냐하면, 세속화된 일상에서는 본질적 의미에서의 성스러움을 경험할 기회가 아예 박탈되기 때문이다. 지금 우리에게 나타나는 성스러움조차 세속화된 것이다. 불행하지만 사실이다. 존재의 내부에 까마득히 은폐된 채 우리를 향한다. 따라서 우리가 근접할 수 있는 '성스러움'이란 우선 세속화를 멈추게 하거나 뒤집어버린 '그것'의 나타남이다.

하이데거는 여기에 주목했다. 만일 자연이 세속화되고 관리되는 대상이라면, 그것은 도구적 존재일 뿐이다. 과학화, 기술화, 관료화된 자연에서 우리는 더 이상의 옛날과 같은 신비(혹은 신성)를 기대할 수 없다. '성스러움'이 모조리 빠져나간 '자연'은 하나하나 낱개로 잘 포장된 중

국식 목각인형과도 같은 모조품이며, 단지 유통되고 소비되며 결국에는 방 한 구석에 방치된다. 따라서 시인에 대한 하이데거의 존재 이해는 세속화된 '자연'과 맞물린다: 시인이란 성스러움이 박탈된 자연에 완강히 저항하며 그것을 본래의 사태로 되돌리는 자다. 그는 각고의 노력을 통해, 또한 생래적 본능과 직관으로 사물의 내부에서 수줍게 반짝이는 저녁 빛을 보는 것인데, 비록 잔해로 남아 형체를 온전히 갖추지 못한 것이지만, 까마득한 옛날부터 우리가 '성스러움'이라 부르는 그것을 단호히 움켜쥔다.

2

'성스러움'이란 무엇인가. 그것은 존재의 '존재-함'이 아닌, '나타남'으로써 현상된다는 점에서 '존재'와의 차이가 있다. 요컨대, '성스러움'이란 '그것'이 '나타나는' 방식 그 자체라는 것. 자연이 성스러웠던 것은 인간과 자연의 일체감이 충일했던 시기였다. "별이 총총 빛나는 밤하늘을 지도 삼아 길을 찾아가는 고대 그리스인들은 얼마나 행복하였던가"라는 루카치의 문장을 상기하는 것도 좋겠다. 그 공간에서는 신도, 인간도 서로 분별하거나 영역을 나누지 않았으며, 뒤엉키며 스며들었다. 하지만 근대 이후 자연은 망각되기에 이른다. 왜냐하면, 자연은 더 이상의 '자연'으로 나타나는 것이 아닌, 인간의 물질적 도

구로써 나타났기 때문이다. 이성을 통해 세계를 바라보고 포획하는 사람들은 자연에서 '성스러움'을 볼 수가 없다. 오로지 예외적 개인으로서의 시인들만이, 자연-속-에 깃든 '신'(혹은 정신)의 모습을 감각할 수 있었으며, 그 성스러운 나타남을 언어로 표현했다. 그런 면에서 성스러움을 명명하는 자로서의 '시인'이란 하이데거의 새로운 배치에는 근대 이후의 역사가 만들어낸 비극적 상황이 내포되어 있다.

그렇다. 근대 이후의 시인은 '예외적 개인'으로 존재한다. 그럴 수밖에 없는 것이, 그는 사유마저 직관하는 방식을 통해 세계를 받아들이고 내면화한다. 자신의 감각을 공동체의 평균에 교정하지 않으며, 사회가 용인하는 범위의 고정된 틀에 옮겨놓지도 않는다. 그는 '성스러움'을 명명하는 자로서 친근하고 순수한 이야기꾼이며, 그 방식으로써 '살아감'을 지향한다. 때로는 다양성을 꿰뚫는 언어를 통해 대상들 각각 존재-함을 이끌어내고, 신과 인간을 매개하는 언어 그 자체가 될 때도 있다. 그러한 사태 모두를 통할(統轄)하는 자로서의 시인은 자연뿐만 아니라 생활-세계에 깃들어 있는 고귀한 신성을 발견하고 명명하며 표현한다.

바로 여기서 김영희 시인의 문장들이 저녁 빛처럼 오롯이 빛나기 시작한다. "추석 차례상에 올렸던 / 배를 깎다가 배 즙 한 방울이 / 얼굴에 튀어 / 순간, / 배꽃 피었다"(「배꽃」)고 노래하며 세속화된 제사를 '배꽃'의 성스러운 나타남으로 표상하거나 혹은 "활짝 열어 다 보여줬으니 / 꽃은 지는 게 아니라, / 이기고 돌아가는 것"(「꽃의 기록」)이라며 낙화를 오히려 삶에의 긍정으로 역설한다. 시인에게 성스러움이란, "무슨 말을 해도 다 들어줄 것 같은 / 살갗을 잃고 서 있는 나무를 바라보며 / 잊힌 기억처럼 말의 흔적을 읽는"(「말의 흔적」) 아득하고도 끊임없이 되돌아오는 "덮어놓았던 첫사랑의 이름"(「연두는 첫사랑의 이름이었죠」)과도 같다.

이것이 우리가 주목하는 김영희 시인의 본래 영역이다. 그는 그가 살아가고 실존하는 삶에서 성스러움을 발견하고 끊임없이 문장으로 일으켜 세운다.

3

김영희 시인의 문장은 '살아감'이라는 생활-세계에 깊이 뿌리 박혀 있다. 시인에게는 일상이 살아감의 환희와 기쁨이고 또한 성스러움의 장소다. 그의 문장들은 지금-이곳의 삶을 조금도 벗어나지 않으며, 벗어날 생각이 아예 없다. 그 어떤 고귀한 정신도 시인에게는 '너머'라는 초월이 아닌 지금-이곳을 향할 뿐이며, 그것은 "어디에 닿겠다는 질긴 생각을 지우면 / 거저 얻어지는 자유와 선택 / 발걸음 닿는 곳이 경이롭다"(「방향의 설계도」)는 문장에서 암시되듯, 생(生)의 최대치를 이끌어내는 진면목이다. "울음을 울어본 사람만이 아는 / 첫날을 물들이는 첫 울음"(「웃는 울음」)도 시인을 비껴가지 않는다. 과연 살면서, 매순간 그 '살아 있음'의 경이(驚異)를 느끼는 사람은 얼마나 될까. 우리는 그와 같은 사람을 '예외적 개인'이라 일컬을 정도니 생각만큼 그리 많지는 않다. 다만, 우리들은 지독한 근시여서 가까이 머무는 햇볕의 맑은 떨림도 보지 못하고, 마음 또한 흐릿하여 먼 숲을 흐르는 바람 소리를 듣지 못한다는 것만 인정하자.

'시인'이란 존재는 다르다. "형상 외엔 가진 게 없"(「여름」)으므로 그가 할 수 있는 일이란 오로지 자신의 '형상'을 세계에 내어주는 것이다. 시인의 육체에 세계를 살게 하는 이 철저하고도 집요한 물아일체(物我一體)는 시인으로 하여금 세계를 받아들이고 뱉어내게 하거나 스며들고 밀어내게 한다. 이로써 그의 감각은 자기 자신으로 향함과 동시에 바깥으로도 활짝 열리는 것인데, 그는 오감을 열고 자신의 내면을 관통하여 새겨진 세계의 까마득한 '유전'이나 "내 눈 속에도 / 매일 흐르는 빗물 / 멈추지 못하는 장맛비"(「장마」)와도 같은, 문양으로만 남은 아득한 곳의 '소리'를 듣는다. "산 그림자까지 품어 잠재우면서 / 끝내는 보이지 않는 강물의 속내"(「깊은 가을」)도 매만지며, 또한 고구마를 캐다가 "호미 날에 찍힌 고구마 한 개 / 화들짝 놀라는 눈빛"을 보면서 "멍울멍울 흐르는 엄마의 젖줄"(「고구마 한 개」)을 발견하기도 한다. 강변을 진종일 걸으면서 수많은 돌들을 천천히 살피는데, "그중에 골라낸 하나 / 품에 안고 돌아"(「친구 찾기」)오기까지 한다. 특히 수탉을 향해 "어느 신께서 내린 관직이기에 / 이리도 화창한 순간을 열고 있느냐 / 휘파람소리만으로도 꽃을 피우느냐"(「수탉」)고 그 성스러운 중의(中意)를 되새긴다.

시인을 둘러싼 이러한 사태는 삶을 대하는 태도가 명명하는 자로서의 예외적 개인이 아니고서는 도대체가 설명할 수 없다. 그에게 삶이란 "끊임없이 표현해야 살아 있는 생"(「풍선 넝쿨」)이라 이름 할 정도로, 삶은 그의 시가 산출되는 기저이자 보고이며, 이념이다.

올을 잃은 옷을 꿰맨다
한 땀 한 땀 바느질로 울컥거리는 상처를
일으켜주시던 엄마가 보고 싶다
—「감침질」 부분

올이 빠진 옷을 꿰매면서, 시인은 어린 시절 경험했던 소소한 일상들을 떠올린다. 그러면서 가장 애틋하고 고통스러우며 뚜렷하지만 해무와 같은 기억은 '엄마'에 관한 것이다. 도처에 산재하며 어느 서랍을 열어도 기억의 많은 부분을 장악한다. '엄마'라는 이미지들은 한 번 박히면

도무지 뽑아낼 수 없다는 의미에서 손톱 밑에 박힌 가시와도 같다. "한 땀 한 땀 바느질로 울컥거리는 상처"들을 일으켜주시던, 엄마의 손도 마찬가지. '엄마'는 글자 그대로 우리가 일상에서 받아들일 수 있는 최후의, 최고의 신성이 아닐까. 단지 너무나 보편적이고 절대적이어서 그 고통스러운 사랑과 울음을 그대로 인정하기는 쉽지 않겠지만.

「정선」에서도 시인은 생활-세계 깊숙이 들어간다. 거기서 그는 자기 자신과 끊임없이 마주치는데, 그 순간순간을 모두 기념해야 할 정도로 "시큰시큰 사무치는" 것이다.

깜짝 젊음을 말아든 친구들이
다슬기된장국 끓이자고 왁자하게 쳐들어오면
평상 가득 매캐한 모깃불을 널어놓고
살아온 얘기 눈물 섞어 뚝뚝 버리고 싶은 곳

꼬투리를 튕겨져 나온 풋콩처럼 외로워지면
무연의 거리에서 시큰시큰 사무치는
내 최초의 몸이었던 정선
—「정선」 부분

청춘의 어느 한때. "깜짝 젊음을 말아든 친구들이" 집으로 쳐들어와서는 '다슬기된장국'을 끓이자고 재촉한다. 어느 덧 노을도 걷히고 애기손만 한 별빛이 쏟아지는 밤이 된다. 누구라 할 것 없이 평상 가득 매캐한 모깃불을 널어놓는다. 또한 누구라 할 것도 없이 "살아온 얘기 눈물 섞어 뚝뚝 버리"기 시작한다. 시인에게 정선이란 그런 살아감의 세계이고 살아 있음을 확인하는 세계이다. 실존이라는 단어가 무색할 정도로, '정선'은 "내 최초의 몸"이었던 것이다. 오직 성스러움을 발견하고 느끼며 명명하는 자만이 쓸 수 있는 문장, 그 예외적 개인의 서사가 '최초'라는 이름으로 우리에게 열린 것.

하지만 사람들은 자신의 '존재-함'을 세속의 평균치로 만들어버리는 경향이 있다는 점에서 본래의 성스러움을 확인하는 것은 쉽지 않다. 그렇기 때문에 일반화되고 보편화되는 '평균으로의 기울어짐'에 대항해 스스로를 예외적 개인으로 정립하려는 시도는 불편하다. 왜냐하면 자기 자신을 포함한 대상들과 대립하며, 그것의 관습적 미래를 끊임없이 파열시키고, 자신이 경험하는 생활-세계를 신과 죽음 앞으로 데려가기 때문이다.

이때, 그는 완전히 발가벗겨지는 것이다. 자신의 감각과 사유에서 멀어지는 고통스럽고도 신비하며 두 번 다시 마주하기 싫은 것들을 경험하는 것인데, 이러한 철저한 자기-소진을 통해서만 시인의 문장은 성스러운 저녁 빛을 간직하게 된다. 비로소 '의미'와 비(非)-의미의 경계를 무너뜨리고 마는, 깊고 장중한 문장 형상을 갖춘다는 것이다. 김영희 시인의 문장은 그 고독한 사각(死角)에서 출발한다. "몇 번의 칼질로 토막토막 나눠져도 / 함께 새긴 무늬는 지워지지 않아 / 그저 지져지고 구워지는 여러 과정을 / 멀리서 바라보는, // 한때는 하나를 이루었던 고등어 한 손"(「졸혼」)의, '각자성'을 향한 예외적 개인의 처절한 분열과 소진으로써.

4

그러므로 우리는 김영희 시의 '각자성'을 좀 더 세밀하게 읽기 위하여 감각 하나를 새로 규정할 필요가 있다. 타자를 대상으로 하면서도 타자를 감각의 매개물로 만들지 않고, 주체와 동일하게 만들어버리는, 정확히 말해 타자와 주체의 경계선을 지워버리는 감각. '눈부처'의 은유에서 비롯되는 주체와 타자의 무한-자리바꿈(회귀). 그것은 '본다'라는 동사다. 물론, 사람들은 자신이 바라보는 대상(혹은 사건)을 장악하기 위해 보다 철저하게 계획하겠지만, '시'라는 언어 게임을 향한 시각 주체의 물음들은 오히려 '우연'을 계기로 삼는다. 이것이 '본다'가 우리에게 작동하는 범위이자 방법이다.

시각적 유혹만큼 동물적인 것은 없기 때문에, 우리가 이 동사에 사로잡히면 좀처럼 헤어 나오기 어렵다. 단순히 '시선'을 통해 대상을 받아들인다거나 집중한다거나

매력을 찾는다는 행위로만 국한되지 않는다. '본다'가 우리에게 작동하는 감각적 특이성은 보다 근본적이다. 그 동사가 타자와 주체에 모두 작용한다는 것에서 시작하기 때문이다. '본다'에는, '연다, 내어준다, 다가선다, 내면화한다'라는 서술어가 동반된다. 이를테면, '내'가 '나'의 이념과 의지로 타자를 향해도 그것은 타자를 향해 나를 '연다'는 뜻을 내포한다. 타자가 나를 '봄'(vision)으로써 내가 그에게 완전히 노출되고 포획된다 할지라도 수용되는 것은 결국 양자의 시선에 비친 상대방의 이미지(눈부처)임을 기억하자. '본다'라는 동사는, 타자에게 '나'를 온전히 내어준다는 의미이며, 철저하게 타자-중심의 감각과 사유로 펼쳐진다. 나는 '봄'으로써 타자에게 다가가고, 다가섬과 동시에 내면화되는 것이다.

김영희 시인에게 이 '본다'라는 동사의 함의는 특별하다. "읽힐 수 있는 지점으로 가기 위해 / 아직 읽힌 적이 단 한 번도 없"(「발간」)는 문장으로서, 그의 서정이 발화(發話)되는 시점이기 때문이다. 시인은 섬세하게 살펴보고 자신의 망막에 맺힌 무수한 형상들을 숙성시키면서 "세상을 바라보던 감정을 / 완성"(「꽃씨」)한다. 이 '봄'의 영역에서 시인과 타자는 서로에게 "지문처럼 새겨진 상처를 보여주"고, "젖어 있는 자리 자리마다 / 꽃들이 울컥울컥 피어나게"(「내가 해줄게」) 하는 것이다.

버스 승강장으로 가는 길
한낮 햇살이 화르르 몰려오자
할머니 두 분 이팝나무 아래로 들어선다
꽃가지를 한껏 펼쳐든 나무 아래

바짝 들어서
아, 그래
입속에도 이팝나무 꽃잎이 피어난다

햇살은 짱짱하게 오월을 짜 올리고
이팝나무 여름 길을 하얗게 빛내고 있다

버스는 휭하니 지나가버렸는데
할머니 두 분,
꽃잎을 자꾸 내미는 이팝나무가 되어간다
이팝나무 양산 살에 바람이 미끄러진다
—「이팝나무 양산」 전문

이 시는 상당히 정적인 두 개의 장면이 교차/편집되고 있다. 시를 읽으면 읽을수록, 각각의 문장은 각각의 서사-속-에서 생생하고도 맹렬한 표정을 짓고 있다는 느낌을 받게 된다. 게다가 교차-편집된 장면의 이중성 때문에, 이미지들은 끊임없이 중첩되면서 서사-이미지의 강도를

증폭시킨다. 하나는 갓 지은 밥이라는 이팝나무 꽃의 모양이고, 다른 하나는 그늘막이 되어주는 이팝나무 가지의 형상이다. 이제 할머니 두 분이 천천히 걸어오기 시작한다.

버스 승강장으로 가는 길이다. 텅 빈 아스팔트 위로 한낮의 햇살이 작열하고 있다. 마른 장작이 타는 것처럼, 화르르 몰려오는 것이다. 그 폭염의 한가운데로 할머니 두 분이 일정한 간격을 유지하며 걸어온다. 이팝나무 아래로 들어선다. 갓 지은 쌀밥처럼 김이 모락모락 오르는 이팝나무 꽃 아래로, 각자의 일에 골몰하며, 다른 사람은 이 정적인 풍경과는 전혀 상관없다는 듯 천천히.

다시 꽃가지를 한껏 펼쳐든 이팝나무 아래로 할머니 두 분이 걸어오고 있다. 승강장에 다소곳 앉아 언제 올지 모르는 버스를 기다린다. 가끔 서로를 쳐다보면서 중얼거리는데, 그 입속에 환하다. 희디흰 이팝나무 꽃잎들이 할머니들의 혀를 타고 목구멍 깊이 들어가 온몸으로 퍼지고 있다. 햇살은 여전히 오월을 뜨겁게 짜 올린다. 그 악력(握力)이 너무도 맹렬해, 온몸의 물기가 증발하는 듯하다. 아지랑이 피듯 공중 부양하는 허공, 그 이글거리는 대기를 가로지르며 이팝나무 여름 길이 하얗게 빛난다. 할머니 두 분은 여전히 앉아, 시간을 개의치 않으며, 어쩌면 시간도 증발했다는 듯 목소리로 기울어진다.

그렇게 막연히 버스가 지나간다. '막연히'라는 단어가

아니면 표현할 수 없을 정도로 버스는 무심하게 지나간다. 승강장에 앉은 할머니 두 분, 곁을 나누고 말을 나누고 냄새와 기억을 나누면서 버스를 보낸다. 처음부터 버스는 없었을지 모른다. 이팝나무는 밥을 다 짓고 그릇마다 수북이 담아냈다. 갓 지은 밥처럼 냄새가 멀리 간다. 할머니 두 분은 버스를 기다리면서 자꾸만 "꽃잎을 자꾸 내미는 이팝나무가 되어"가는 것이다. 밥을 짓던 이팝나무가 이번에는 양산이 되어 할머니 두 분의 그늘이 된다. 바람이 불고, 꽃잎 사이로 미끄러지며 할머니들의 서늘한 그늘을 흔든다. 여기서 시간은 정지되면서 가장 비현실적인 환(幻)들을 뿌려놓는다. "내 허리에 통로를 내고 / 강렬하게 요구하는, / 혼자만의 생각으로 당신이 세워놓은 길 / 당신만을 위한 당신의 사랑 방식"(「고로쇠나무의 노래」)과도 같은 집요하고 쓸쓸한 통점으로서의 환: 우리는 두 분의 할머니를 보는 것이지만, 어쩌면 서로의 그늘막이 되어주는 두 그루의 이팝나무를 향하는 것일지 모른다. 이미 시인은 '본다'라는 행위를 통해 할머니와 이팝나무의 성스러운 교착을 이끌어낸 것이다.

이팝나무에서 두 분의 할머니를 보았던, 다시 말해 이팝나무와 할머니들의 형상적 대칭을 보고, 그것이 결코 '분열-되어 있지-않음'을 노래했던 시인의 특이한 감각은 어디서 발원한 것일까. "한 시절 붉어져야 가는 길이라면 / 온몸 뒤어지는 뜨거움쯤이야 / 꽃 소식으로 받겠네"(「아마란스 차를 내리며」)라는 인내일까. 아니면, "놓쳐버린 길들이 있었음을 / 노란 금을 따라가며 생각한다 / 반대 방향으로 가는 건 아닐까 불안감은 있지만 / 선택한 입구를 믿으며 또 하나의 출구를 향한다"(「환승」)는 결심과 의지일까. 그 이유가 무엇이든, 시인은 세계를 단일한 이미지로, 곧 삶과 죽음이 서로 뒤엉키어 유희하는 분리 불가능한 세계로 감각한다. 시인은 이렇게 고백한다. "당신을 찾아 어두운 골목을 달려나가 / 발목을 끌며 사라지는 어제를 / 뜬눈으로 바라보면 / 내 무덤은 쓸쓸하고 깊다"(「덕분과 봉분」)고. 그렇다. 당신을 찾아 어두운 골목으로 달려나가는데, 골목은 다른 골목으로 스며들며 끝없이 이어지고, 가끔 어둠에 뭉텅 잘리기도 하지만, 거기가 바로 삶과 죽음이 뒤엉킨 '장소'다. 적어도 시인에게 '골목'은 "엄마가 날 부르는 음성이 / 슬며시 다가오"며, 동시에 "화들짝 놀라운 감각 한 순간의 / 반가움과 떨림으로 조율한 음절과 음절"이 '시'로써 되새겨지는 성스러운 공간이다(「숨바꼭질」).

관절 마디를 착착 접으며
한 줌 남은 숨마저 다 빼내고
물고 있던 허공조차도 토해내고서야
손수레를 타고 가는 호사를 누린다
>

몸을 들썩이며 키들대는 모습이
노숙으로 지내던 골목 귀퉁이
쓸쓸함에 젖던 밤도
다 지운 모양이다

누군가의 이름 앞에 부는 바람
다 막아주고도 버려지고 잊힌 시간을
시치미 뚝 떼고 주억거린다

우주 끝까지 닿을 것 같던 생의 순간들,
길고 긴 길을 당겨 접으며
머물렀던 흔적을 지우러 가는 길

방금 눈을 뜬 꽃잎처럼
오늘 불리어진 이름만으로도 넉넉해진,
가장 아늑한 자리로 돌아가는 길
—「폐지」 전문

손수레를 끌고 오르막길을 올랐다. 완만한 길이지만 물에 젖은 폐지를 한 무더기 끌고 오르는 것은 웬만한 젊은이도 쉽지 않을 텐데, 오늘도 몇 번이고 이 길을 지나는 것이다. 노인은 중간에 잠시 멈췄다. 손잡이를 허리에 단단히 밀착하고 수레의 방향을 비스듬히 돌렸다. 관절 마디에 삭풍이 몰려온 듯하다. 늘 하던 일이기 때문에 이력이 난 것이지만, 뒤를 돌아볼 여력은 없다. 천천히 짧은 숨을 뱉고는 물고 있던 허공도 토했다. 수레를 돌려 언덕을 오른다. 언덕을 오르는데 오늘도 몇 번이고 멈춰야 했다.

노인은 폐지 뭉치를 수레에 실었다. 누군가는 버리는 것이지만 자그마한 쓸모라도 나눌 수 있는 것은 무척 고마운 일이다. 위에서 눌러 공기를 완전히 빼고, 이음새를 밀착시켜 조금이라도 부피를 줄였다. 나일론 끈으로 사방을 묶어 가져가기 좋게 만들었다. 가만 보니, 아직 찬바람과 서리를 맞아가며 노숙하던 골목 귀퉁이의 냄새들이 폐지에 남아 있다. 다 지운 줄 알았던 "쓸쓸함에 젖던 밤"도 얼룩처럼 숨죽인 채로 그를 쳐다보는 것이다. "손수레를 타고 가는 호사"란 이 모든 과정을 압축한다. 비록 '폐지'라지만 적어도 쓸모를 다하기 전까지는 호사를 누릴 권리가 있다. 노인은 수레를 끌고 가다가 언덕 중간에 잠시 멈췄다. 폐지에 남아 있는 시간의 최대치를 가늠하는 것이다.

적어도 몇 해 전까지 폐지는 "우주 끝까지 닿을 것 같"았다. 사람들의 손과 눈과 귀를 매혹시키며, 그 감각의 모든 모퉁이에 새겨진 이름들과 사건들을 논리적으로, 또한 예리하게 발설할 때였다. "길고 긴 길을 당겨 접으"면서 사람들을 설레게 할 때도 그랬다. 하지만 지금은 모든 영광과 관심이 다 빠져나간 비루한 '폐지'일 뿐이다. 아무도 읽지 않는 페이지들이, 어느 누구의 손도 타지 않을 마지막 시간만을 기다리고 있을 뿐이다.

그렇다고 해서 폐지가 자신의 쓸모와 완전히 단절된 것은 아니다. 노인은 '폐지'를 이리저리 돌려보다가 폐지 속에서 저녁 빛을 발견한다. 쓸모를 잃어가는 존재들이 남기는 마지막 시간이다. 물론 그 '시간'이란 존재들의 남은 생(生) 전체가 실려 있으니, 그 무게를 가늠하기가 쉽지 않을 것이다. 그는 수레를 잠시 멈췄다. 폐지의 무게가 자꾸만 중력에 힘을 더하고 있다. 걸음을 앞으로 옮기는 것은 쉽지 않다. 하지만 노인은 무게를 짊어질 것이다. '폐지'가 자신에게 남은 마지막 성스러움을 발산하면서 노인을 재촉한다. 그러므로 폐지는 자기 자신의 무게를 이끌고 "방금 눈을 뜬 꽃잎처럼 / 오늘 불리어진 이름만으로도 넉넉해진, / 가장 아늑한 자리로 돌아가는 길"이다. '오후 다섯 시의 햇살'과도 같은 이 숙연한 기다림과 운명을 노인은 정확히 알고 있다.

5

김영희 시인은 '폐지'의 마지막 쓸모를 읽으면서, 또한 폐지에 깃든 저녁 빛과 같은 신성함을 찾아냈다. 시인은 '본다'라는 동사의 그 끈질긴 이념과 의지를 활용해, 대상을 완전히 장악하고 내면화했으며, 그와 동시에 자기 자신의 눈에 비친 '대상'의 참모습을 이끌어냈다. 그렇기 때문에 노인은 언덕을 오르다 멈추고 폐지의 무게를 직관하면서 숨을 고르는 것이겠지만, '숨'의 내력에서 '농다리'라는 "천 년 동안 빌고 빌어 / 톱니무늬를 맞춘 돌들이 만든 길"(「다리를 건너다」)을 새로 발견했던 것이다.

시인이 '폐지'에서 발견한 성스러움이란 바로 '생'(生) 그 자체다. '살아감'이 경이로운 일이라면, 매순간 우리가 감각하는 모든 대상과 사건들도 성스러울 수밖에 없기 때문. 여기에는 "짙게 물들었거나 아직 망설임이거나 / 쓸쓸하거나 혹은 명랑하거나 / 길을 지나온 이야기들"(「들리나요?」)이 한 가득 담겨 있다. 이것이 "한 점 바람에 비틀거리는 저 환한 / 스러짐은 누구의 가락인가 빈 거리에 / 길게 누운 가로등 빛은 누가 쓰다 / 내다버린 제목 잃은 시 한 줄인가"(「배웅」)라는 물음을 통해 시인 스스로가 끊임없이 기울어지는 '가락'과 '시'다.

6

절기는 더위를 땅 밑으로 끌어내렸다

중력의 자장 속으로 들어가는
치솟았던 감정들과
어느덧 지쳐버린 유한한 모양의 요소들

한때는 무한함을 믿기도 했었던
가령, 사랑이나 희망 따위

여름을 벗어놓은 시간은
고적한 것들을
가을의 문턱으로 부른다

거리로 몰려나온 사람들이 많아
오히려 쓸쓸해지는 처서를 건너는 저녁
변신과 함께 사라져갈 풍경과,

낯선 노래를 주머니 속에 구겨 넣으며
미리 와 있었던 추억처럼 나는 나를 기다린다
—「가을의 문턱」 전문

'존재-함'이란 살아감의 실존이다. 그것은 '생활-세계'에서 일어나는 모든 사건들과 함께 흘러간다. 사물들의 병렬(혹은 총체)만으로 세계는 존재하지 않는다. 존재들이 서로 뒤엉키고 대립하며 또한 멈추고 일으켜 세우며 단호히 움켜쥐게 되는 '사건'으로서만 실재한다. 존재-함의 실존이란 '사건-속-에서'의 살아감일 때, 일상이 담겨진 무게는 다른 어느 것보다 크다. 우리가 숨을 쉬고 말을 하며 느끼고 생각하는 모든 장소들이 '생활-세계'이기 때문이다.

인용 시의 마지막 행을 보자. "미리 와 있었던 추억처럼 나는 나를 기다린다"는 문장이다. (나는 이 문장을 읽고 시집을 잠시 멈췄다.) 한참 들여다보는데, 이 문장의 시제가 갑자기 모호해졌다. 그럴 수밖에 없었던 것이, 추억이란 통상 과거-진행형인데, 시인은 유독 미래-진행형으로 쓰기 때문이다. 추억의 한결같은 정서는 기다림이다. 그것은 존재-함의 '책임'에서 물러나 있고, 실존의 '판단'에서도 비켜 있다. "내 몫으로 남은 사랑은 몇 장 / 챙겨둔 추억뿐이지만 / 다독거린 기억을 경전처럼 펼치네"(「너의 사랑」)라는 문장에 새겨진 까마득한 흔적처럼, 추억에는 '경전'과도 같은 성스럽고 은밀한 '기억'이 있으니, 책임과 판단으로는 도저히 형용할 수 없겠다. 과거와 미래가 한 데 어울려 소용돌이치는 사건이 바로 '추억'이라는 것. '추억'이란 과거를 예비하는 미래의 표상이다. 그 어떤 추억도 미리 와 있지 않으며, 그러한 이유로 시인의 모든 추억들은 미래에서 온다.

계절이 물러나고 있다. 입추가 지나면서 서늘해지더니 결국 여름을 밀어내는 것이다. 폭염으로 정점을 찍었던 오후의 태양도, 서서히 찬 기운이 깃들기 시작한다. 그 누구도 지시하지 않았지만, 가을의 도래는 필연이다. 까마득한 옛날부터 그래왔고 앞으로도 그렇게 될, 계절의 순환을 지켜보며 시인은 잠시 '자기'를 멈춘다. 존재-함의 실존들은 이미 유한하다. 우주를 이루는 그 어떤 것도, 이를테면 '시간'이나 '공간' 혹은 '순환'이라는 단어 자체도 유한하다. 사물에 앞서 존재하는 형이상학은 없다. 모든 규범과 법칙은 사물의 존재로부터 귀납될 뿐이다. "한때는 무한함을 믿기도 했"던 '사랑'이나 '희망' 따위의 감정들도 잠시 멈춘다. 그렇게, 여름이 흐른다. 흘러가며 가을 속으로 사라진다.

시인은 이 순환의 성스러움을 "여름을 벗어놓은 시간"으로 명명한다. 고적한 것들은 모조리 가을의 문턱으로 몰려오고, 서둘러 쌓이고, 천천히 사라진다. 처서를 건너는 저녁이다. 퇴근길에 사람들이 거리로 쏟아져 나온다. 사람들은 혼자 나와 시청과 정동을 돌아 시립미술관까지 걷는다. 국에 밥을 말아 먹으면서 혼자 저녁 뉴스를 시청한다. 명동의 골목을 따로 흩날리는 은행잎처럼 흐른다. 이상의 집이 있는 서촌에서 효자동까지 다른 사람들과 일정한 거리를 유지한 채 걷는다. 제각각, 멈추면서, 혹은 멈춰 선 채로 아주 멀리 바라보면서. "변신과 함께 사라져갈 풍경"에 스며든다. 적어도 그 성스러운 저녁 빛에 스며드는 순간만큼은 스스로를 돌아보는 것이다. 나는 내가 나타나는 방식이 아닌가.

*

이로써 '여름을 벗어놓은 시간'의 의미는 분명해진다. 그것은 물렁물렁한 고립의 시간으로, 끊임없이 내가 나로서 잠드는 몰아(沒我)의 시간이다. 자기 자신 속에 깊이 잠든 어떤 성스러움이, 까마득한 옛날로부터 도저히 측정 불가한 세월을 돌고 돌아 지금까지 이어지는. 나는 가볍게 한기가 돌았다. 두 손을 주머니에 구겨 넣고서는 낯선 노래를 부른다. 가을의 문턱에 앉아 "미리 와 있었던 추억처럼 나는 나를 기다"리는 것이다. "오늘을 하루씩 늘려가"(「가벼운 하루」)며, 수줍게 차곡차곡.

여름 나기를 이야기하는 동안

1판 1쇄 발행 2020년 12월 20일

지은이 김영희
발행인 윤미소
발행처 (주)달아실출판사

책임편집 박제영
디자인 전형근
마케팅 배상휘
법률자문 김용진

주소 강원도 춘천시 춘천로 17번길 37, 1층
전화 033-241-7661
팩스 033-241-7662
이메일 dalasilmoongo@naver.com

출판등록 2016년 12월 30일 제494호

ISBN 979-11-88710-89-8 03810

* 이 도서의 국립중앙도서관 출판예정도서목록(CIP)은 서지정보유통지원시스템 홈페이지(http://seoji.nl.go.kr)와 국가자료공동목록시스템(http://www.nl.go.kr/kolisnet)에서 이용하실 수 있습니다.(CIP제어번호 : CIP2020048878)
* 잘못된 책은 구입한 곳에서 바꿔드립니다.
* 책값은 뒤표지에 표시되어 있습니다.

이 도서는 2019년 아르코문학창작기금 지원사업에 선정되어 발간된 작품입니다.